Dominanter Mitbewohnerin

Herrschaft und erotische Unterwerfung

Erika Sanders

Dominanter Mitbewohnerin

Erika Sanders
Serie
Herrschaft und erotische Unterwerfung

Zusammenfassung

Vicky und Joyce sind zwei College-Mitbewohner.

Vicky ist dünn und schwach und Joyce ist breit und stark.

Eines Tages sieht Joyce eine skandalöse Sendung im Fernsehen, während Vicky versucht zu lernen.

Vicky bittet Joyce, die Lautstärke im Fernseher zu verringern, aber als sie sie ignoriert, versucht sie, an die Fernbedienung zu gelangen.

Dies führt dazu, dass ein Kampf um die Fernbedienung beginnt, der in einer Art freiem Kampf zwischen den beiden endet.

Joyce setzt sich im Kampf gegen Vicky durch, indem sie sie und ...

Dominanter Mitbewohnerin ist ein Roman mit stark erotischem BDSM-Gehalt und wiederum ein neuer Roman aus der Erotic Domination-Sammlung, einer Reihe von Romanen mit hohem romantischen und erotischen BDSM-Gehalt.

(Alle Charaktere sind 18 Jahre oder älter)

Anmerkung zum Autorin:

Erika Sanders ist eine bekannte internationale Schriftstellerin, die in mehr als zwanzig Sprachen übersetzt wurde und ihre erotischsten Schriften, fernab ihrer üblichen Prosa, mit ihrem Mädchennamen signiert.

Index

DOMINANTER MITBEWOHNERIN
ERIKA SANDERS

11

KAPITEL 1

„Kannst du das bitte ausschalten?", Sagte Vicky. "Ich versuche hier zu lernen."

Zum ungefähr zwanzigsten Mal fragte sich das Mädchen, ein Neuling, welche Art von Matching-Algorithmus für die Suche nach Mitbewohnern die Universität verwendete.

Schließlich könnte jeder mit einem halben Gehirn erkennen, dass es unter allen Umständen vermieden werden sollte, einen Studenten aus einem auf Sozialarbeit spezialisierten Zweig mit einem Studenten aus einem auf Informatik spezialisierten Zweig zusammenzubringen.

Ein paar einfache Auswahlfragen würden in einem solchen Fall funktionieren, um dies zu vermeiden.

¿ Eine Richtung? Wer kann mit diesem Unsinn so in voller Lautstärke im Hintergrund lernen?

Schlimmer noch, wer kann seine geistige Gesundheit und seinen IQ aufrechterhalten, indem er Leute beobachtet, die offensichtlich so dumm sind?

"Nein, es wird gut", sagte Joyce und drehte die Lautstärke noch höher.

"Sehr lustig", sagte Vicky. "Jetzt leg es bitte hin."

"Ich kann dich nicht hören", schrie Joyce. "Was hast du gesagt?"

"Runter." Ein Teil von ihr wollte lachen, aber ein Teil von ihr war genauso wütend.

"Sprich etwas lauter", schrie Joyce. "Ich kann dich nicht im Fernsehen hören."

"Ich sagte, nimm es runter"

Und plötzlich, und Vicky war sich nicht ganz sicher, wie, weil sie so etwas noch nie zuvor getan hatte, wurde sie von ihrem Sitz und neben ihrer Mitbewohnerin gehoben und versuchte nutzlos, die Fernbedienung aus dem festen Griff des Mädchens zu ziehen.

Vicky war ein leichtes Mädchen, ein typischer Leser, sehr dünn und blass.

Die einzige Sportart, die er ausprobiert hatte, war Cross Country, aber das war nur, um seine College-Bewerbung zu vervollständigen.

Als das ferngesteuerte Tauziehen einem Wrestling-Match Platz gemacht hatte, hatte er das Gefühl, dass seine Ausbildung in den physischen Künsten stark gefehlt hatte.

Weil der Kampf gegen Joyce wie der Versuch war, gegen eine Spinne zu kämpfen.

Es schien, als wäre eine Hand oder ein Bein überall, wo Vicky sich bewegen wollte.

Seine Demütigung wurde noch schlimmer, weil sein Mitbewohner nur über seine Bemühungen lachte, die Fernbedienung zu greifen, und weiter lachte, als er aufgab und sich entschied, einfach loszulassen.

"Ich hatte nicht mehr so viel Spaß, seit ich von zu Hause weg bin", lachte Joyce. "Meine jüngeren Brüder und ich haben uns die UFC angesehen und dann haben wir Bewegungen miteinander ausprobiert."

Und dann hatte er das Gefühl, als würde jemand versuchen, seinen Arm von der Schulter zu reißen.

Vicky hatte nie gewusst, dass so etwas möglich war.

"Autsch ... Autsch ..." und dann fuhr er fort, einige Worte zu sagen, die tief in seinem Hinterkopf steckten, selbst die, die er nie benutzt hatte.

"Stop p ...".

Lachend sagte Joyce:

"Ich habe meine Brüder dazu gebracht, sich bei meiner Tante zu beschweren, weil ein Mädchen sie geschlagen hatte."

Es sah so aus, als würde sich sein Gelenk lockern.

Vicky hatte nicht einmal Zeit zum Nachdenken.

"Bitte ... oh ... Tante ... Tante!"

"Das nennt man eine Armstange", sagte Joyce, als sie ihre Mitbewohnerin freigab. "Sobald du darin gefangen bist, gibt es wirklich keinen anderen Ausweg als das Einreichen."

KAPITEL 2

Er nahm die Fernbedienung, untersuchte sie kurz und warf sie dann auf das Bett.

"Sie haben die Batterien fallen lassen. Finden Sie sie und legen Sie sie zurück."

Das war nicht sehr angenehm.

Nicht, wenn Vickys Schulter so weh tat.

Er fragte sich, ob er dauerhaften Schaden erlitten hatte.

Aber er vermutete, dass es irgendwann dazu führte, dass die Batterien fielen.

Er schluckte ein wenig empört, begann nach den beiden AAA-Batterien zu suchen, fand sie und ersetzte sie in der Fernbedienung.

Endlich konnte er wieder zu seiner Aufgabe zurückkehren, dies hatte zu viel seiner kostbaren Zeit verschwendet.

"Und repariere mein Bett", sagte Joyce. "All diese Kämpfe haben es vermasselt."

Sie ging zu weit.

Zunächst war Vicky das Opfer des Wrestling-Matches, nicht der Gewinner.

Und vor allem war das Bett die meiste Zeit der Woche ein Chaos gewesen.

"Ich bin nicht deine Magd", sagte Vicky und kehrte zu ihrem Schreibtisch zurück.

Nur hat sie es nie geschafft.

Sie hatte nur zwei Schritte gemacht, bevor Joyce wieder auf ihr war und wie eine Kobra schlug.

Joyce hatte auf eine Ausrede gewartet, um den Kampf fortzusetzen.

Sie kämpfte weiter mit ihrer Mitbewohnerin.

Sie hatte viele Male mit ihren Brüdern gekämpft.

Sie war älter, aber sie waren Jungen, körperlich überlegen, aber dennoch war Joyce schlauer und etwas rücksichtsloser.

Es hat Spaß gemacht.

Es war eine Herausforderung, und Joyce gewann mehr als sie verlor.

Auf der anderen Seite war dies keine Herausforderung für Joyce.

Hier war eine ausgemachte Sache.

Vicky war nicht nur eine schwache Frau, sondern das Mädchen hatte keine Ahnung, wie es sich verteidigen sollte.

Der Kampf gegen den kleinen Nerd sollte nicht viel Spaß machen.

Es sollte langweilig sein.

Aber es war alles andere als langweilig.

War...

.. aufregend.

KAPITEL 3

Die Brustwarzen von Joyce hatten sich zu Kugeln verhärtet.

Seine Seiten waren warm und verschwitzt.

In Wahrheit war es ein bisschen aufregend gewesen, mit seinen Brüdern zu kämpfen, als er den gelegentlichen Druck einer Erektion spürte und wusste, wie sehr es sie in Verlegenheit brachte.

Und jedes Mal, wenn sie um ihre Tante trauerten, kribbelte es ein wenig.

Aber das, oh ja, das war zehnmal besser als das.

Joyce kämpfte mit ihrer Mitbewohnerin.

Drückte sein Geschlecht auf das Mädchen.

Arbeiten daran.

"Tante", keuchte Vicky atemlos.

Sie war so müde, dass es unmöglich war, sich zu verteidigen.

Er hatte das Gefühl, nicht atmen zu können.

"Du kannst nicht einfach einreichen. Ich habe dir nicht einmal einen Schlüssel gegeben." Sagte Joyce, als sie ihr Bein packte, ihre Beine um das Mädchen legte, ihren Knöchel packte und ihr eine Drehung gab.

Bereit.

"Tante!" Schrie Vicky.

"Das nennt man Knöchelschloss", sagte Joyce, als sie den Druck abließ, ihn aber nicht abließ. "Wirst du jetzt mein Bett machen?"

"Ja ...", beschwerte sich Vicky.

Joyce drückte noch einmal etwas fester auf den Knöchel des Mädchens.

"Und du wirst den Boden putzen und meine Kleider weglegen."

"Ummmm ... okay." Vicky schnappte nach Luft.

"Das macht Spaß", rief Joyce aus und packte das Mädchen erneut. "Ich frage mich, was ich dich sonst noch tun lassen kann."

"Ich sagte, ich würde den Boden putzen!" Vicky protestierte vergeblich.

Der Kampf ging weiter.

Es war eine sehr einseitige Angelegenheit.

Die arme Vicky war erschöpft, aber sie bemühte sich tapfer, den Klauen ihrer Mitbewohnerin zu entkommen, obwohl sie den Kampf seit ihrer Kindheit völlig aufgegeben hatte.

"Du bist so schwach", fuhr Joyce mit ihren Kommentaren fort, als sie einen Zug und dann einen anderen versuchte.

Er kümmerte sich nicht einmal um Einführungen, er versuchte nur zu sehen, in welche Position er seinen Mitbewohner bringen konnte.

Eine neue Bewegung.

Hitze tauchte in seinem Körper wieder auf, als er Vickys Arsch ansah.

Ihr Nachthemd hatte sich angehoben, und die Position, in der sie sich befand, hatte dazu geführt, dass sich ihr Höschen in den Schlitz ihres Rückens verklemmte.

Joyce konnte aufgrund des Keils, der verursacht worden war, sogar ein Stück des engen Lochs des Mädchens sehen.

Die arme Vicky konnte die kühle Brise auf ihrem Hintern spüren, aber sie konnte nichts dagegen tun, als zu versuchen, ihren Rücken gerade zu halten.

Sie konnte noch weniger dagegen tun, als ihr Partner ihren Pferdeschwanz zurückzog.

Sie krümmte den Rücken und musste noch weiter auf ihre Beine zurückfallen.

Wenn er nicht so viele Schmerzen gehabt hätte, wäre die Demütigung seiner Position viel akuter gewesen, obwohl sie an sich schon beschämend war.

"Tante", keuchte Vicky. "Tante-Tante-Tante."

"Sie versuchen nicht einmal, sich zu verteidigen", sagte Joyce. "Ich fange an mich zu fragen, ob du gerne misshandelt wirst."

"Ich will dich nicht bekämpfen." Vicky beschwerte sich. "Was ... was machst du?"

Was machte Joyce?

Vicky versuchte sich umzudrehen, aber Joyce pflanzte sich auf den Bogen ihres Rückens.

In ihrem geschwächten Zustand konnte Vicky das andere Mädchen auf keinen Fall ignorieren.

Und das Schlimmste? Am schlimmsten?

Die arme Vicky spürte, wie seine Finger das Band ihres Höschens ergriffen und an ihr herunterzogen.

"Lass das wo es ist", fragte Vicky.

Aber jetzt war das Höschen außer Reichweite.

Er konnte nur versuchen, seine Beine zu spreizen, um zu verhindern, dass er sie vollständig auszog.

Aber solche schwachen Bemühungen würden das stärkere Mädchen nicht abschrecken.

Nein, für einen Moment verlagerte Joyce ihr Gewicht auf Vickys Schenkel und zog dann das Mädchen abrupt aus ihrem Höschen.

"Gib sie mir zurück", sagte Vicky. Und dann fügte er mit zitternder Stimme hinzu. "Ich meine es ernst."

"Jetzt wirst du dich wenigstens ein wenig anstrengen?" Fragte Joyce.

Seine Nasenflügel flackerten.

Gott, sie war so heiß.

Und der Blick auf das weiche Gesäß des Rückens ihrer Mitbewohnerin machte sie noch heißer.

"Soll ich dir noch etwas wegnehmen?"

"Nicht folgen!" Rief Vicky aus.

Oh, sie hatte sich nach besten Kräften bemüht, es zu sagen.

Die Situation war äußerst peinlich und sie wollte dieses Gefühl vor Joyce verbergen.

Aber bald musste er über andere Dinge nachdenken.

Eine Tracht Prügel.

KAPITEL 4

Noch eine Tracht Prügel.

Scheiße, wie es sticht.

Der Eifer seines Mitbewohners.

Zieh ihr Höschen aus und verprügel sie dann!

Oh, er würde das Mädchen dafür bezahlen lassen ... irgendwie.

Irgendwie.

Prügelstrafe.

Prügelstrafe.

Aber zuerst musste Vicky loslassen.

"Zeig mir was du hast." Sagte Joyce und dann verprügelte sie ihn noch vier.

Sie konnte ihre rot umrandeten Handabdrücke auf dem cremefarbenen Fleisch ihrer Mitbewohnerin sehen.

Scheiße, sie war heiß, sehr heiß.

"Komm schon. Kämpfe gegen mich. Schwach."

"Agghhh!" Vicky schrie trotzig, ihre Wut verdrängte ihre Faulheit.

Sie stöhnte wie ein gefangenes Tier.

Sie trat.

Sie zog an den Haaren des anderen.

Sie zog sich zurück.

Sie wand sich.

Sie kämpfte.

Sie verlor jedoch weiter.

Nicht nur das Wrestling Match, sondern auch ihr Nachthemd.

Sie war jetzt total nackt.

Ihr Gesicht war rot vor Anstrengung und weil sie so fest gegen den Fliesenboden gedrückt wurde.

Sie war Joyce nur zweimal fast entkommen.

Aber jeder Versuch schien mehr von ihrem Körper freizulegen und sie noch mehr zu ermüden, jetzt, wo der Adrenalinschub weg war.

"Komm schon, Vicky, mach weiter. Steh nicht einfach da." Joyce drängte das niedergeworfene Mädchen und gab noch ein paar Wimpern.

Die Prügel, die sie ihm jetzt gab, waren nicht mehr hart.

Aber sie waren sehr unterschiedlich.

Er zielte vorsichtig und achtete darauf, jeden Zentimeter der weißlichen Haut auf Vickys Arsch, der zuvor perfekt gewesen war, tiefrot zu färben.

Ebenso wichtig war, dass Joyce ihre sexuellen Lippen fest gegen die Schwellung des Hinterns ihrer Mitbewohnerin drückte, so dass der Kampf direkt auf ihr feuriges Geschlecht übertragen wurde.

Er hoffte, Vicky konnte seine Säfte nicht riechen.

Das Aroma war schon sehr stark.

Andererseits hatte die arme Vicky längst aufgegeben, dass ihre Mitbewohnerin den Zustand ihres sehr feuchten Geschlechts nicht entdeckte.

Sie tropfte.

Sie konnte fühlen, wie die Luft sie abkühlte.

Es war nie gekämpft und ausgepeitscht worden.

Aber sie war aufgeregt.

Er hatte ein letztes Mal gekämpft, aber das letzte Mal versucht, Joyce in die Irre zu führen.

Zumindest sagte sie sich das.

Ihre Kämpfe gaben Joyce jedoch nicht nach.

Die Kämpfe führten nur dazu, dass sich ihre Schenkel ausbreiteten, so dass ihr heißer Sex jetzt gegen den kalten Boden rutschte.

Gott.

Sie hinterließ einen schneckenartigen Fußabdruck auf dem Boden.

Es fühlte sich ... Gott fühlte sich göttlich an.

Sie hätte nie gedacht, dass dies passieren könnte.

"Ugh" Mit einem Grunzen fing Vicky an, ihre Hüften zu pumpen.

Gott, er konnte nicht glauben, dass er das tat.

"Gott Vicky", sagte Joyce. "Du bist durchnässt."

Vickys Wangen brannten vor Demütigung.

Seine heimliche Schande war entdeckt worden.

Schlimmer noch ... mein Gott. Vicky konnte fühlen, wie ein Finger ihren nassen Sex untersuchte.

Nach einer solchen Untersuchung gab es keine Geheimnisse mehr für ihn.

"Möchtest du geschlagen werden? Machst du das so mit deinem Freund?" Joyce scherzte. "Ist das Vicky? Macht es dich an, verprügelt zu werden?"

"Nein", log Vicky.

Aber sie wollte nicht versuchen, ihren Partner davon abzuhalten, ihre Finger zu bewegen, um sie zu untersuchen.

Sie fühlten sich zu gut.

Es war zu gut

"Ich denke schon", sagte Joyce. "Deine Fotze hat ja gesagt, oder?"

"Nein ...", stöhnte Vicky.

Gott, das Mädchen machte sie verrückt.

"Ich denke, du genießt das alles wirklich", sagte Joyce. "Lass es uns herausfinden."

Oh Gott. Und jetzt das? Dachte Vicky, als sie spürte, wie Joyce auf mysteriöse Weise ihr Gewicht auf sie verlagerte, bevor sie sich plötzlich wieder umdrehte.

In diesem Moment entdeckte er, was Joyce vorhatte.

Ihr Höschen war ausgezogen.

Vicky konnte den nackten Hintern ihrer Mitbewohnerin sehen, als das Mädchen sie auf ihre Brust setzte und ihre Schienbeine in Vickys Handgelenke zu Boden gruben.

Joyce leckte sich die Lippen, als sie den völlig nackten, wehrlosen Körper ihrer nerdigen Mitbewohnerin anstarrte.

"Ich denke, das bedarf einer gründlichen Untersuchung."

"Genug", keuchte Vicky.

Er hatte keine Ahnung, was eine gründliche Untersuchung bedeutete, aber er wollte kein Teil davon sein.

Doch Joyce hatte genau das im Sinn.

Eine gründliche Untersuchung ihrer Muschi.

Vickys geschwollene rosa Lippen teilten sich.

"Nass und prall." Sagte Joyce. "Und sieh dir diesen Kitzler an. Sie bittet praktisch um eine Liebkosung."

"Nein, ist es nicht". Vicky protestierte mit quietschender, zittriger Stimme.

Ihre Schenkel schlossen sich trotzig kurz.

"Ich denke schon", streichelte Joyce Vickys nassen Spalt.

Fahren Sie mit Ihrem Finger über ihren rosa Schnitt.

Vicky schnappte nach Luft und ihre Schenkel teilten sich wieder und boten den süßen kleinen Knopf zwischen ihren Schenkeln an.

Joyce lächelte und behielt ihre Berührung bei und streichelte von Zeit zu Zeit Vickys Kitzler.

Das Mädchen arbeiten, bis sie einen Fieberpegel erreicht hat.

Vicky wurde plötzlich klar, dass er sie zwingen würde zu kommen.

Ein Mädchen würde sie kommen lassen.

Er hatte immer Geschichten von Mädchen gehört, die im College experimentierten, aber er hätte nie gedacht, dass er eines dieser Mädchen sein würde.

Aber die Hitze in ihrem Bauch überzeugte sie anders.

Aber dann wurden diese weichen, süßen Finger weggezogen und sie schwebte am Rande eines Orgasmus.

Er hatte sie sehr sanft gestreichelt und sie dann aus dem Orgasmusbereich gebracht.

Vickys Gedanken waren immer noch durcheinander.

Es war eine Sache, gezwungen zu werden, während man unter einem anderen Mädchen feststeckte, die Arme gefangen und unfähig, sich zu bewegen, aber eine ganz andere. ... hebe ihre schlanken Hüften und suche diese süße Berührung.

Das heißt, sie hat teilgenommen.

Und bevor sie hätte versuchen können, ihre Mitbewohnerin wegen der Freiheiten zu verklagen, die sie sich genommen hatte.

Jetzt hob sie ... ihre Hüften und suchte nach Joyces Berührung ... höher und höher ... dort ... ahhh ... genau dort.

Das war's, sagte sich Joyce, als sie Vickys Hüften spannte und sie dazu brachte, in einer so unangenehmen Position so gut sie konnte zu schieben und zu pumpen.

Komm zu mir.

Du wirst noch viel weiter gehen müssen, bevor ich mit dir fertig bin.

KAPITEL 5

"Ich habe dir gesagt, dass du sie magst", scherzte Joyce und drückte leicht Vickys geschwollenen Kitzler. "Es ist so, nicht wahr?"

Die Seiten des armen Vicky begannen vor Not zu schmerzen.

Sie hob ihre Hüften, bis ihr Bauch zitterte, aber es war nicht hoch genug, um sie mit Joyces Fingern in Kontakt zu bringen.

Es gab nichts, was er tun könnte, wenn er die Wahrheit nicht zugeben würde.

"Ja." Vicky stöhnte fast atemlos.

Schlag-Schlag-Schlag.

Joyce schlug Vickys Sex und bespritzte dabei ihren ganzen Nektar.

Vickys Hüften schossen hoch.

Das Gefühl war nicht schmerzhaft, aber es war schockierend gewesen.

Schlimmer noch, er hatte seinen Orgasmus verfolgt.

Es war enttäuschend, aber er hatte es trotzdem gemocht.

Das Gefühl der Not, das sie erlebt hatte, und ihre Hilflosigkeit hatten sie zutiefst erschreckt.

Er hatte Angst ... oh Gott, was machte dieses schreckliche Mädchen jetzt mit ihm?

Er rieb sie wieder.

Und es so zu reiben, wie sie es mochte.

Jetzt spreizte sie wieder freiwillig ihre Schenkel.

Ihr Geschlecht innerlich angespannt machen.

Krämpfe durch seine Leistengegend tanzen lassen.

Ihr Herz rasen lassen.

In diesem Moment bemerkte Vicky, dass sie das enge, schmale Loch ihrer Mitbewohnerin sehen konnte und ihren Schlitz gegen ihre Brust drückte.

Er konnte fühlen, wie die Feuchtigkeit von ihr über seine Brust tropfte.

Er konnte den süßen Moschus ihres Geschlechts riechen.

Wenn sie ihre Hände befreien könnte, wäre sie bereit, Joyce zu streicheln, in der Hoffnung, dass das Mädchen aufhören würde, sie zu belästigen und sie vielleicht zu Ende bringen würde.

Aber Joyce hatte ihre eigenen Ideen.

Sie war sich bewusst, dass Vicky unter ihr hilflos war, und ebenso bewusst, welche Auswirkungen ihre Spiele auf sie hatten.

Er war sich sehr wohl bewusst, dass sie ihren Hintern langsam näher und näher an das Gesicht ihrer Mitbewohnerin brachte.

Vicky hatte immer Noten in der Nähe der höchsten in ihrer Klasse gehabt.

Sie war hell und klug.

Sie betrachtete sich als eine tiefe Denkerin, aber zum ersten Mal fiel es ihr schwer zu denken.

Hitze floss durch ihren Darm und ihr Geschlecht schmerzte vor Not.

Joyces Hintern war genau dort vor ihr.

Nur einen Zentimeter von ihren Lippen entfernt.

Vicky erreichte ihre gewünschten Lippen.

Joyce 'Nasenflügel flackerten, als sie diese ersten vorläufigen Küsse spürte.

Oh ja.

Es fühlte sich gut an, obwohl sie etwas mehr Anregung wollte.

Und er würde sie haben, bevor alles gesagt und getan war.

"Magst du meine Muschi?" Fragte Joyce, als sie sich vorbeugte und Vickys erregten Sex den Atem anblies.

"Ja", flüsterte Vicky und spreizte ihre Beine, begierig darauf, dass Joyce sie leckte ... dort unten.

"Leck mich", befahl Joyce. "Leck meine Muschi."

Vicky konnte den Atem jedes Wortes auf ihrer Muschi spüren.

Joyce war so nah.

So nah dran, sie zu lecken und zum Abspritzen zu bringen.

Ich war mir sicher, dass andere Mädchen wahrscheinlich so experimentiert haben.

Das machte sie nicht schwul.

Er wusste nicht einmal, ob er es genießen würde.

Seine Zunge rutschte heraus und er machte eine vorläufige Suchsonde.

Und es war nicht so schlimm.

Sie tat es erneut, diesmal etwas entschlossener.

"Oh ja, das ist göttlich", sagte Joyce heiser. "Leck meine Muschi. Schneller. Oh ja ... so, mach weiter so."

Leck mich auch, wollte Vicky sagen.

Aber ihr Mund war jetzt anders besetzt und Joyce saß wieder auf, also hatte Vicky jetzt buchstäblich ihren Mund voller Muschi und ihre Nase war ... sie wollte nicht einmal darüber nachdenken, wo ihre Nase war.

"Freches Mädchen", schnurrte Joyce. "Spielst du auch mit meinem Anus? Hmm ... es fühlt sich gut an. Soll ich mit deinem spielen?"

"Uffff ..." protestierte Vicky.

Nicht.

Nein, sie wollte nicht einmal, dass ihre Nase dort war, wo sie war, geschweige denn berührt wurde ... da hinten.

Aber bis dahin wurde ein saftgetränkter Finger abrupt an ihrem Schließmuskel vorbei geschoben.

Es war seltsam, etwas in diesem Loch stecken zu haben, aber noch seltsamer war es, wenn etwas drückte, wenn die Richtung immer nach außen gerichtet war.

Sie wollte dort nicht angegriffen werden, zumindest glaubte sie nicht, dass sie es wollte.

Sie fühlte sich noch hilfloser.

Oh Gott ... so hilflos zu atmen, zu lecken und mit zwei Fingern in ihrem Arsch gefickt zu werden.

Sie sollte nicht so behandelt werden.

Und das sollte bestimmt nicht so verdammt heiß sein wie die Situation.

Sie sollte nicht die Muschi eines Mädchens lecken.

Ganz zu schweigen von einem Mädchen, das so gemein zu ihr gewesen war.

"Genau dort ... genau dort ... genau dort ... oh mein ... oh mein ...", stöhnte Joyce, ihre Hüften ritten auf dem hilflosen Mädchen, das unter ihr gefangen war.

Greifen Sie nach den Brustwarzen des Mädchens, greifen Sie zwischen Daumen und Zeigefinger und ziehen Sie sie hoch.

Fühle den gequälten Protest des Mädchens, das an ihrer Muschi erstickt.

Ich liebe die flinke Zunge, die jetzt schneller beschleunigt als menschlich möglich.

Vicky hatte nur eine B-Tasse und war nicht sehr begabt, wenn es um Brüste ging, aber was ihr an Umfang fehlte, machte sie an Sensibilität wieder wett.

Und ihre Brustwarzen so ausgestreckt zu haben, tat weh!

Obwohl die Erfahrung auch Strahlen der Freude direkt auf ihr Geschlecht schoss.

Aber das alles war zu viel.

Zu.

Sie leckte Joyce für alles, was sie fühlte, in der Hoffnung, ihren Höhepunkt schnell zu beenden, zusammen mit der Qual an ihren Brustwarzen.

"Oh ja, ja, oh ja. Das, yeahiii." Joyce stöhnte.

Ihre Bewegungen wechselten von Intensität zu einer trägen Bewegung, als ihr Orgasmus seinen Höhepunkt erreichte und nachließ.

Mit ihren Hüften, die vorgaben, eine Art Korkenzieher zu sein, benutzte sie die Nase ihrer Mitbewohnerin, um ihrem Anus zu gefallen.

KAPITEL 6

"Jetzt bist du dran", sagte Joyce. "Soll ich dich kommen lassen?"

"Ja." Gab Vicky zu.

Er wollte nicht nur kommen, sondern er hatte es auch verdient, nach all dem zu kommen, was er durch die Hände dieses Mädchens ertragen hatte.

"Mmmm ...", schnurrte Joyce, als sie ihre Fingerspitzen über den schlanken Körper des Mädchens streckte.

Langsam auf dem Weg zu Vickys super nassem Sex.

"Was für eine dreckige, freche Muschi du hast", sagte Joyce und betrachtete etwas in einer kleinen offenen Kosmetiktasche neben Vickys Bett.

Er hob es auf und drückte den Ein- / Ausschalter.

Er konnte die Vibrationen bis zu seinen Fingern spüren.

"Ich denke, es muss gut gereinigt werden."

Vicky hatte keine Ahnung, wovon das Mädchen sprach.

Er konnte ein bekanntes Summen hören, aber das Geräusch nicht finden.

"Oh!" Vicky schnappte nach Luft, als sie die erste elektrische Berührung spürte. Ihre Hüften drehten sich, um dem überwältigenden Gefühl zu entkommen.

Aber er erkannte bald, was er fühlte und wie gut er sich fühlte.

Scheisse.

Oh verdammt.

Es war seine Zahnbürste.

Joyce muss es aus ihrer Kosmetiktasche gezogen haben.

Jesus ... sie hatte keinen Ersatz.

Ich müsste ... oh, Jesus.

Sie würde kommen.

Sie war so verdammt hart.

Und mit einer unwillkürlichen Reaktion auf die Stimulation schürzte Vicky ihre Lippen und küsste, was vor ihr war und was sich als muskulöser Arsch ihrer Mitbewohnerin herausstellte.

"Oh Baby, das fühlt sich so gut an." Joyce schnurrte. "Hast du jemals jemanden diese Muschi ficken lassen? Ich meine, wirklich ficken?"

"Mmmmmmm", stöhnte Vicky und spreizte ihre Beine so weit sie konnte.

"Lass uns langsamer werden, Baby", sagte Joyce. "Wir haben die ganze Nacht."

Joyce benutzte die Zahnbürste an Vickys Brustwarzen und schob sie dann in ihrem Schlitz auf und ab.

Aber nicht genug, um das Mädchen über den Rand zu schicken.

Sie lächelte böse.

Sie wurde gut darin.

Vicky stöhnte.

Ihre Hüften pumpten und begrüßten die hochfrequenten Vibrationen, wann immer Joyce es für angebracht hielt, sie dort hinunterzuschieben, wo es ihr am besten tat.

Oh mein Gott.

Sie würde kommen.

Sie würde sehr hart kommen.

Und in diesem Moment zog Joyce ihre Zahnbürste zurück und tätschelte Vickys erregten Sex.

"Oh Gott ...", keuchte Vicky, ihre Hüften stießen und starben an dem Kontakt.

Sogar für diese stechenden Streicheleinheiten, die sie vom Höhepunkt verdrängten.

Sie versuchte, ihre gefangenen Arme zu befreien.

Sie versuchte eine Sensation zu finden, um sie an ihre Grenzen zu bringen.

Die arme Vicky wusste nicht, was sie tun sollte.

Obwohl ihr Körper einige Ideen hatte.

Er küsste wieder den muskulösen Hintern vor ihrem Gesicht.

Er küsste ihn und küsste ihn noch mehr.

"Mmmm ...", sagte Joyce und fuhr langsam mit einer Hand auf Vickys geschwollenen Sex zu.

Legen Sie die andere Hand auf ihr Gesäß und strecken Sie sie aus.

Vicky konnte das zerknitterte, verbotene Loch ihrer Mitbewohnerin weit offen sehen.

Nicht.

Er hatte den Hintern des Mädchens nur geküsst, weil sie sonst nichts zu küssen hatte.

Sie hatte jedoch nicht die Absicht, das zu küssen.

Kein Bisschen.

Doch Vicky konnte fühlen, wie nahe die vibrierende Zahnbürste ihrem schmerzhaften Geschlecht war.

Sehr, sehr nah.

Vicky traf eine schnelle Entscheidung.

Sie würde Joyce noch mehr lecken, wenn das Mädchen sie dann zum Höhepunkt bringen würde.

Nur dass sie das richtige Loch lecken würde.

Vicky beugte ihren Hals in einem komplizierten Winkel und versuchte, mit ihrer Zunge Zugang zu Joyces Sex zu bekommen.

Oh nein nein! Dachte Joyce.

Er spielte mit Vickys Brustwarze mit der Zahnbürste und benutzte seine andere Hand, um mit der anderen Brustwarze zu spielen, kreiste und zog gelegentlich daran, manchmal grausam.

Dann stellte er die Behandlung auf die andere Brust um, bevor er schließlich die vibrierende Zahnbürste nahe an Vickys Geschlecht schob.

Sie begann leicht mit dem Kopf auf den geschwollenen Kitzler ihrer Mitbewohnerin zu klopfen.

Gott, ich komme, war Vickys einziger Gedanke.

Er konnte nicht glauben, was mit ihm geschah.

Sie konnte nicht glauben, dass sie im Begriff war … sie schürzte die Lippen und küsste ihn.

Er küsste den engen, verzogenen Anus, den Joyce ihm zeigte.

Oh Gott. Oh Gott.

Ich kann nicht glauben, dass das passiert, dachte Joyce bei sich.

Sie schwelgte im Moment, wollte aber mehr.

Sie begann die Zahnbürste wieder auf und ab von Vickys nassem Schlitz zu schieben.

Das Mädchen an den Rand bringen.

Sie sah zu, wie ihre Hüften rutschten und pumpten.

Bietet ihr jetzt durchnässtes Geschlecht zur Stimulation an.

"Böses Mädchen." Flüsterte Joyce.

Und er peitschte diese geschürzten Lippen mit seiner Handfläche.

Ohrfeigen, die hart genug sind, um zu stechen, und daher gibt es für Vicky keine Frage, wer verantwortlich war.

KAPITEL 7

Als ob Vicky an diesem Punkt irgendwelche Zweifel hätte.

Das einzige, woran sie denken konnte, war das schmerzende Bedürfnis tief in ihrem Inneren, das Stimulation brauchte.

Das war es, was er brauchte, um eine Art Aufregung für seine verzweifelte Freilassung zu finden.

Er dachte nicht mehr an die Schande oder was er falsch machte.

Seine einzigen Gedanken waren dort zwischen ihren Schenkeln zentriert und dass die Empfindungen, die er dort empfing, mit dem verbunden waren, was er mit seinen Lippen und seiner Zunge tat.

Weil Vicky diese verbotene Öffnung lange mit leichten vorläufigen Küssen besetzt hatte.

Jetzt leckte sie.

Sie küsste sich ernst.

Sie tastete mit ihrer Zunge.

Sie so gut er konnte hineinfahren.

"Das ist sehr schmutzig", gurrte Joyce. "Und ich dachte du wärst einfach gut darin dich anzuziehen, als du eigentlich ein bisschen pervers warst. Denkst du ich sollte dich rennen lassen? Bist du mein kleiner Perverser?"

"Mmmmmmm ... ja ...", murmelte Vicky, ihr Mund fest auf den straffen Arsch ihrer Mitbewohnerin gepflanzt.

"Dann bring diese dreckige kleine Muschi von dir hierher, wo ich sie erreichen kann", sagte Joyce. "Und beeilen Sie sich besser, bevor diese Batterien leer sind."

Die arme Vicky krümmte ihr Becken mehr, um ihrer Mitbewohnerin einen besseren Zugang zu ermöglichen.

Er stellte jedoch fest, dass das Summen der Zahnbürste immer noch zu weit entfernt war.

Verlockend, aber unerreichbar.

Vicky bog ihr Becken noch mehr.

Er spürte kurz die elektrische Berührung.

Oh Gott.

Es war immer noch nicht genug.

Er hob die Füße und dann die Knie.

Ihre Hüften berührten nicht mehr den Boden.

Das würde sicherlich reichen.

Es war einfach nicht genug.

"Bitte ...", murmelte Vicky.

"Willst du es nicht?", Scherzte Joyce. "Komme und nimm es."

Oh, wie sie es wollte.

Vicky stand auf Zehenspitzen und schob ihr Becken zum letzten Mal nach vorne.

Ihre Waden und Schenkel zitterten.

Sie konnte diese Position nicht lange halten.

Er betete, dass es groß genug war.

Joyce berührte ihren geschwollenen Kitzler und ihre Lippen mit der Bürste und zählte 'Uno' in ihrem Kopf.

Dann nahm er ab und zählte 'Zwei. Drei ".

Dann wieder auf für eine 'Eins'.

Dann zurück für zwei weitere.

Auf und ab.

An und aus.

An und aus.

Joyce hob die Hand und zog Vicky auf ihren Hintern.

Verdammt, diese Zunge war göttlich mit einem Großbuchstaben D.

Er könnte sich an diese Art der Verwöhnung gewöhnen.

"Ich werde nicht mehr lange so durchhalten ... Ich werde nicht lange durchhalten ... Ich kann nicht ... Ich kann nicht ..." wiederholte Vicky in ihren Gedanken.

Seine Muskeln brannten.

Sein Oberschenkel hatte einen Krampf.

Er wollte unbedingt sein Bein strecken und darauf warten, dass der schmerzhafte Knoten nachließ, aber er hatte Angst, das Gefühl der Zahnbürste wieder zu verlieren.

Es war schwer zu atmen, gefangen unter dem muskulösen Gesäß ihrer Mitbewohnerin.

Er blieb in Position und ignorierte ihre protestantischen Glieder und Bänder, leckte immer noch ihren Anus so viel er konnte.

Das wundervolle Gefühl begann tief in ihrem Bauch.

Oh verdammt.

Die akkumulierte Wärme.

Dann schien alles herauszulaufen ... wie eine riesige Flutwelle.

Cumming.

Oh Gott, sie kam.

Nie zuvor hatte sie einen Höhepunkt dieser Größenordnung gespürt.

Sogar Joyce war eifersüchtig auf die Reaktion ihrer Mitbewohnerin.

Die wackeligen Beine, das durchdringende Geschlecht, das laute Stöhnen unter ihrem Arsch, der Saftstrahl des Mädchens, der auf den Fliesenboden lief.

Oh ja, es war ein verdammt großer Höhepunkt.

Joyce war sich sicher, dass ein solcher Orgasmus für ihre Mitbewohnerin nicht ausreichen würde.

KAPITEL 8

Und es war nicht genug.

Sicher, Vicky sagte sich, dass sie sich nie wieder so verhalten würde.

Aber am nächsten Tag musste Vicky darüber nachdenken, was mit ihrer Mitbewohnerin passiert war.

Missbraucht werden.

Prügelstrafe.

So grausam verspottet zu werden.

Als die Zeit, in ihr Schlafzimmer zurückzukehren, näher rückte, wurde sie immer ängstlicher.

Würde Joyce ihr etwas antun, wenn sie zurückkam?

Wollte sie, dass Joyce etwas mit ihr machte?

Vicky konnte sich verschwitzt fühlen.

Er konnte fühlen, wie ihr Höschen nass wurde.

Gott ... was ist, wenn Joyce das merkt?

Ich würde annehmen, Vicky würde mehr wollen.

Mit zitternden Fingern steckte Vicky den Schlüssel in das Schloss ihrer Schlafzimmertür und schloss ihn auf.

Joyce war dort an ihrem Schreibtisch ... und erkannte nicht einmal ihre Anwesenheit an.

Vielleicht war all diese Angst umsonst gewesen.

Die Stille wurde unangenehm.

"Hi ...", platzte Vicky heraus und verfluchte ihre zögernde Rede.

"Oh hi Vicky", sagte Joyce und drehte ihren Stuhl, um sie anzusehen.

Vickys Blick huschte wie ein Magnet zwischen den Schenkeln ihrer Mitbewohnerin.

Das Mädchen trug einen kurzen Rock und kein Höschen.

Sein lockiger kleiner Schlitz war da und starrte sie frech an.

Schämte sich das Mädchen nicht?

"Ich habe an dich gedacht", sagte Joyce, als sie aufstand und zu ihrer Mitbewohnerin ging, die mitten in der Tür gefroren war.

"Du warst?" Vicky antwortete.

Seine Wangen brannten hellrot.

Was war das für eine Antwort?

Sie konnte nicht klar denken.

"Ich dachte, meine Fotze fühlte sich so einsam an", sagte Joyce und wirbelte eine Haarsträhne von Vicky herum.

Sein Griff bewegte sich zu Vickys Nacken.

"Er ist traurig und muss aufmuntern."

Die Symbolik der Hand um ihren Hals war klar und Vickys Herz raste, als sie sah, wie ihre Mitbewohnerin ihren Rock hochkletterte und anfing zu arbeiten.

Er wurde langsam erregt, als sie ihre nassen Finger entfernte und sie an Vickys Lippen brachte.

Er sollte das nicht tun, sagte sich Vicky, obwohl sich ihre Lippen teilten und an dem angebotenen Finger seiner Säurebeschichtung saugten.

"Du hast zu viele Klamotten an", sagte Joyce, als sie ihre Mitbewohnerin auszog und das Mädchen nur in einem Paar Socken zurückließ.

Ich denke das ist es, dachte Vicky bei sich.

Jetzt lieben wir uns.

"Ich dachte, wir könnten heute ein anderes Spiel spielen", sagte Joyce, als sie den Schal um ihren Hals entfernte, ihn an Vickys Kopf band und ihn in einen provisorischen Verband verwandelte.

"Du hast gestern gute Arbeit geleistet und meine Muschi geleckt", sagte Joyce, als sie Vicky zu ihrem Schreibtisch führte. "Aber heute werde ich dir zeigen, was ich wirklich mag."

Mit einem krummen Lächeln streckte Joyce die Hand aus und drehte die Jalousiestange.

Ihr Blickwinkel erlaubte dem Mädchen nun, das Schlafzimmer vor sich zu sehen, und jeder, der aus dem Fenster schaute, konnte sie sehen.

Die Nasenlöcher flackerten und er rutschte näher an die Wand.

Sie war sich sicher, dass niemand etwas über ihrer Taille sehen konnte.

Aber die arme Vicky.

Vicky war direkt in Sicht.

"Es beginnt mit meinen Füßen", sagte Joyce und brachte einen Fuß an Vickys Lippen.

Lachen, aber ihren Fuß bei der kitzelnden Berührung ihrer Lippen und dem heißen Atem ihrer Mitbewohnerin zurückziehen.

"Das kitzelt."

Und von dort an diesem Tag war alles Unterricht.

Vicky lernte seine Füße zu lutschen.

Sich gegenseitig lecken.

Küssen Sie Waden und Knie.

Zwischen den verlängerten Oberschenkeln hacken.

Atme deinen heißen Atem bei Joyces Sex.

Küss die Lippen ... da unten.

Leck die Rille.

Arbeiten Sie mit Ihrer Zunge am Kitzler Ihres Mitbewohners, um einen Höhepunkt zu erreichen.

Streichen Sie vorsichtig mit der Zunge über die Klitoris.

Streicheln Sie die harten Brustwarzen mit Ihren freien Händen.

Streichle alles.

Sie arbeitete schneller an ihrer Zunge, als Joyce kommen wollte, und wurde langsamer, als das Mädchen aus ihrem Orgasmus herauskam.

Vicky hörte, wie Joyce sich wieder bewegte und fragte sich, ob sie an der Reihe war, Liebe zu machen.

Aber Joyce hatte andere Pläne.

"Komm näher", sagte Joyce, die jetzt zum Schreibtisch blickte und sich vorbeugte. "Ich habe eine Überraschung für dich".

Vicky beugte sich näher, als sie besorgt die Stirn runzelte.

Was für eine Überraschung hatte Joyce für sie im Sinn?

Als er näher kam, gab es keinen Zweifel daran, was Joyce ihm anbot, indem er sich umdrehte und sich bückte.

Ihr wunderschöner Arsch.

In diesem Moment drehte sich Joyce um und packte Vickys Pferdeschwanz und drückte ihn fest.

"Leck es", knurrte Joyce und brachte Vickys Kopf näher an ihren Schritt.

Es war ein Befehl.

Mit einem Schauder gab Vicky ein leises Miauen der Verzweiflung.

Dies schien nicht ganz fair zu sein, da sie genau diese Stelle in der Nacht zuvor geleckt hatte.

Aber wenn sie nicht mehr so aufgeregt wäre, hätte sie sich sicherlich geweigert.

Inzwischen war es jedoch eine Stunde her, in der Joyce kam, und sie hatte es immer noch nicht getan.

Sie wollte nichts vermasseln, bevor sie an der Reihe war.

Seine Zunge glitt zwischen ihren Lippen und ihrem Anus hervor und begann zu lecken.

"Mmmmmmm ...", stöhnte Joyce, als sie ihren Kitzler mit ihren Fingern streichelte und die Empfindungen ihres Hinterns genoss. "Gutes Mädchen."

"Du bist eine dreckige kleine Schlampe", keuchte Joyce. "Wissen Sie?"

Mit ihrem sonst besetzten Mund stöhnte Vicky als Antwort.

Joyce rieb sich schneller, ihr Oberkörper ruhte auf dem Schreibtisch, da ihr linker Arm ihr Gewicht nicht tragen konnte.

Oh verdammt!

Und der nächste Orgasmus durchfuhr sie wie ein Lauffeuer.

"Steh auf und warte hier", sagte Joyce, als sie von ihrem Orgasmus heruntergekommen war.

Sie nahm Vickys Zahnbürste aus ihrem Kulturbeutel.

Ein kleines Keuchen entkam Vickys Lippen, als sie das vertraute Summen so nah an ihrem Ohr hörte.

Joyce spielte mit ihrer Mitbewohnerin und fuhr mit ihrem vibrierenden Kopf über Vickys erogene Zonen.

Vickys Körper zitterte jedes Mal, wenn sie spürte, wie der summende Kopf ihr Geschlecht berührte ...

Das Gefühl war zu intensiv und umso mehr, als er immer noch die Augenbinde trug und sich nicht auf den Kontakt vorbereiten konnte.

Doch mit jeder Berührung zitterte sein Körper immer weniger, als er sich akklimatisierte.

"Hast du heute Morgen gebürstet?" Neckte Joyce, als sie Vickys Mund mit dem Kopf der Zahnbürste berührte.

"Ja ...", schaffte es Vicky und drehte ihren Kopf, um zu verhindern, dass die sexgetränkte Bürste in ihren Mund gelangt.

"Komm schon", drängte Joyce und wechselte zwischen Vickys Muschi und dem Versuch, die Bürste durch den fest geschlossenen Mund des Mädchens zu führen.

Der Nervenkitzel der Kraft heizte sie wieder auf.

"Komm schon. Du weißt, dass du es willst. Mundhygiene ist sehr wichtig ... Ich weiß auch, wo dein Mund war. Es braucht eine gute Reinigung."

"Nein", keuchte Vicky und presste die Lippen fest zusammen.

Er hatte es aufgegeben, den Kopf zu drehen, und jetzt summte die Zahnbürste zwischen seinen Lippen und vibrierte gegen seine Zähne.

Er konnte den moschusartigen Gestank ihres Geschlechts auf der Bürste riechen.

Sie konnte das nicht tun.

Sie ... ihre Zähne teilten sich.

Ich konnte ihre mit Minze vermischten Säfte schmecken.

"Öffne es vollständig." Sagte Joyce.

Vicky öffnete den Mund.

Gott, es war so demütig.

Sie fühlte sich so hilflos, als ihre Mitbewohnerin die Bürste über ihre Zähne und Zunge fuhr.

Joyce senkte die Bürste wieder und arbeitete das Geschlecht ihrer Mitbewohnerin aus.

Das Mädchen wieder in Raserei versetzen.

"Geh wieder auf die Knie", befahl Joyce.

Vicky hatte sich noch nie so gedämpft gefühlt wie damals, als sie niederkniete und ihre Mitbewohnerin sie weiter bürstete und neckte.

"Ich werde es in deine Muschi stecken", scherzte Joyce. "Nein, dreh dich diesmal um. Doggy Style, sicher, dass du gerne fickst, dünne Schlampe."

Vicky wurde noch roter, als sie sich umdrehte und versuchte, ihren Arsch auf der vibrierenden Bürste zurückzurollen, damit er ihren Kitzler berührte.

Er war jedoch zu hoch und schlug ihr wirklich auf den Arsch.

Und Joyce war nicht kooperativ.

"Du willst es, komm und hol es", lachte Joyce. "Komm schon. Höher ... höher ..."

Die arme Vicky musste auf Händen und Knien aufstehen ...

Er.stand fast aufrecht, aber jetzt stützte er seinen Oberkörper mit den Händen auf dem Boden.

Es war nicht bequem ... nicht lange.

Aber sie würde sich nicht lange unwohl fühlen müssen, seit die Bürste sie fast zum Höhepunkt gebracht hatte.

Nur eine kleine Berührung mit ihrem Kitzler und es würde wie eine Rakete losgehen.

"Wieder der Mund", sagte Joyce, als sie das Zittern an der Wirbelsäule ihrer Mitbewohnerin bemerkte.

"Bitte ..." Vicky stöhnte, ignorierte den Befehl und drückte sich immer härter auf Zehenspitzen.

Er war zu nahe, um es jetzt nicht mehr zu versuchen.

"Ich sagte Mund", Joyce 'Stimme nahm einen harten Ton an, als sie die Bürste entfernte.

Mit einem enttäuschten Stöhnen rollte Vicky sich herum und kniete schnell.

Die Zahnbürste hörte nicht auf zu klingeln, aber anstatt diesmal ihre Zähne zu putzen, ließ er sie die Säfte vom Zahnbürstenkopf saugen.

"Perverse kleine Schlampe", sagte Joyce. "Du wirst gut darin. Jetzt dreh dich wieder um und versuche abzuspritzen."

Vicky musste nicht zweimal informiert werden.

Er drehte sich um und suchte erneut nach Kontakt mit der Bürste.

Sie hatte immer noch die Augen verbunden, also wusste sie nicht, dass Joyce die Bürste jedes Mal wegschob, wenn sie näher kam.

Damit sie dafür arbeitet.

Wölbung des Rückens.

Hüften suchen.

Beine zittern.

Bis er endlich Kontakt aufnahm.

"Oh verdammt ..." Vicky stöhnte.

Ich dachte nicht mehr daran, wie peinlich es schien.

Sie war wie ein Tier.

Sein Körper wollte sich befreien ... er brauchte es.

"Fuck ... fuck ... oh mein ... oh mein ...", schrie Vicky in einem hohen, atemlosen Ton.

Schneller und schneller stöhnte sie.

Heiße Milch lief über ihre Beine.

KAPITEL 9

Zuerst dachte Joyce, ihre Mitbewohnerin sei wütend geworden, aber dann merkte sie, dass sie angekommen war.

Wow komm schon.

Joyce lächelte und drehte die Bar, so dass die Jalousien geschlossen wurden.

"Sie können jetzt die Augenbinde entfernen", sagte sie zu der niedergeworfenen Gestalt ihrer Mitbewohnerin, die erschöpft auf dem Fliesenboden lag und sich fast in ihren eigenen reichlichen Säften wälzte.

Vicky entfernte die Augenbinde, hatte aber nicht die Energie, vom Boden aufzustehen.

Er bezweifelte, dass er es jemals schaffen könnte.

Aber weniger als eine Minute später wurde ihr kalt und sie schämte sich für das Display, das sie machte, als sie nackt auf dem kalten Fliesenboden lag.

Wenn sie nur wüsste, dass sie im Schlafzimmer gegenüber dem Fenster viel mehr gesehen hatten.

Die meisten hatten sich angewidert abgewandt.

Einige machten Fotos, um sie später anzusehen.

Aber einige hatten bis zum Ende zugesehen.

Er hatte das Licht und all ihre eifrigen Klitoris ausgeschaltet.

Das Bild des Mädchens im Kopf behalten.

Wenn sich die Gelegenheit bot, würden sie auch mit diesem Arsch und dieser Muschi spielen wollen.

Eines dieser Mädchen fragte ihre Mitbewohnerin:

"Sie kommt mir bekannt vor. Hast du sie in einer deiner Klassen gesehen?"

"Nein, aber ich habe es gesehen, als ich an der Computerklasse vorbeigegangen bin", sagte der andere. "Sie ist eine Art Computerfreak."

"Welcher Tag und welche Zeit?"

"Morgen um drei Uhr nachmittags"

"Ich wette, wenn wir sie irgendwohin bringen, wird sie tun, was wir wollen."

"Und ich möchte eine Menge lustiger Dinge mit ihr machen." Sagte er als er die Säfte von seinen Fingern saugte.

"Ich auch." Sagte der andere saugte an einem Finger.

"Es könnte laut werden."

"Dann lass uns sie in unser Schlafzimmer bringen."

"Glaubst du, sie wird kommen?"

Das andere Mädchen nahm eine elektrische Zahnbürste und schaltete sie ein.

Seine Augen leuchteten im Dunkeln.

"Oh, ich habe das Gefühl, dass er es tun wird, wenn ich ihm das zeige. Außerdem habe ich ein paar Fotos gemacht und ich wette, er möchte nicht, dass sie auf dem Campus verteilt werden.

ENDE

FÜR DIESEN ANLASS ANGEZOGEN
ERIKA SANDERS

53

Die Stille der Nacht umgab sie, drückte sie mit ihrer Gelassenheit und versuchte, ihre Angst zu beruhigen.

Das konnte sie jedoch nicht beruhigen.

Ungezügelte Gefühle, an die sie nicht gewöhnt war und die sie noch nie zuvor erlebt hatte, schossen durch ihren Körper und machten sie nervös.

Ihre Absätze klickten leise über den gepflasterten Weg, als sie zum Himmel aufblickte.

Warum gehst du heute Abend dorthin?

Warum hatte sie sich so angezogen?

Sie konnte die Kraft spüren, die sein Blick auf sie hatte.

Sie seufzte und erlaubte ihren Gedanken, nicht mehr an die Ereignisse zu denken, die heute Abend passieren könnten.

* * *

Es fühlte sich an, als wäre jeder Blick auf sie gerichtet, als sie die Räumlichkeiten betrat.

Ihre hochhackigen Schuhe klickten gegen den Holzboden, als sie über die Tanzfläche schritt und sich der Bar näherte.

Der Rock ihres rot-schwarzen Outfits schwankte bei jedem Schritt von einer Seite zur anderen, der rote Streifen floss gegen ihr Knie, während der schwarze ein paar Zentimeter darüber ruhte.

Die Bluse hing lose an ihren Schultern, über ihre Brüste, sprang gerade genug auf, um bei jedem Schritt Aufmerksamkeit zu erregen und zeigte einen großzügigen Hautanteil.

Und ohne BH.

Sie wusste, wie sie in diesem Outfit aussah.

Es sah aus wie eine Schlampe.

Sie hatte den Look mit einem schwarzen Spitzenhalsband um den Hals und einem Hauch von rotem Lippenstift beendet.

Er saß zwischen einem Mann und einer Frau und lächelte den Kellner an.

"Hallo James"

"Samy. Wie schön ist es dich wieder zu sehen." Er ließ seine Augen langsam über sie über ihr Gesicht und ihre Brüste gleiten. "Sehr gut. Und für wen ist der Anlass?"

Sie schüttelte den Kopf und lächelte, wodurch eine Locke über ihr Ohr fiel.

"Es gibt keinen Anlass. Ich wollte mich nur so anziehen."

Er griff über die Bar und steckte die Locke hinter ihr Ohr.

Seine Finger berührten ihre Wange und sie vergaß fast zu atmen.

"Du solltest dich öfter so anziehen."

"Vielleicht werde ich."

"Ich werde jetzt nachts gegen elf die Arbeit verlassen. Möchtest du später tanzen?"

Sie nickte langsam und konnte ihren Blick nicht von seinem losreißen.

Mit sehr langsamer Präzision beugte er sich über die Bar und brachte seine Lippen näher an ihre, vertiefte den Kuss so weit, dass sie mehr wollte, bevor er sich zurückzog.

"Ungefähr zwanzig Minuten."

* * *

Diese zwanzig Minuten waren in Samys Leben nie länger gewesen.

Sie beobachtete die ganze Zeit alles um sich herum und bemerkte jede Bewegung, die er machte, ohne ihn überhaupt anzusehen.

Es war, als ob ihre Sinne mit ihrem Körper übereinstimmten, aber sie zuckte immer noch zusammen, als er sie auf dem Schulterrücken berührte.

Er hatte den Kragen seines schwarzen Hemdes aufgeknöpft und lächelte sie an und streckte seine Hand aus.

"Ich denke du schuldest mir einen Tanz."

Als sie ihre Hand in seine legte, war es, als ob eine kleine Entladung von Elektrizität durch ihren Körper ging.

Er lächelte, als er sie zu einer Ecke der Tanzfläche führte und sie dann an seinen Körper zog, als sich das Lied änderte.

Es war langsam und verführerisch und sein Schlag schien ihrem Herzen zu entsprechen, als sie sich gegen ihn drückte.

Und dann war sie sich plötzlich der harten Konturen bewusst, die sich gegen seinen weichen Körper kräuselten.

Sie schlang ihre Arme um ihn und drückte ihre weichen Rückenkurven mit ihren Händen, während sie hin und her schaukelten.

Er beugte sich vor und drückte seine Lippen gegen ihre, teilte sie sanft und verführte sie mit seiner Zunge.

Seine Hand glitt tiefer über ihren Rücken, ruhte auf ihrer Hüfte und rutschte tief genug, um eine Arschbacke zu streicheln, als er ihren Unterkörper gegen seinen zog.

Sie schnappte nach Luft, als er wirklich fest gegen sie drückte und sie hätte schwören können, dass sie ihn stöhnen hörte.

Aber genau wie er, rief der andere Kellner ihn an und er seufzte und senkte seinen Kopf zurück.

"Samy ... ich bin gleich wieder da. Ich schwöre, ich werde es tun. Geh nirgendwo hin."

Sie nickte dumm, als sie von der Tanzfläche in eine abgelegene Kabine ging.

Er sah, wie James zur Bar zurückkehrte, sich wieder über ihn beugte und mit Joseph sprach.

Joseph war der Ersatz-Barkeeper für die Nacht.

Er übernahm immer, wenn James in den Ruhestand ging.

Als er eine große, langbeinige Blondine zu sich kommen sah, wurde ihm etwas klar.

Sie war nicht so ein Mädchen.

Er hatte keine Ahnung, was er tat.

James war der Typ Mann, der immer ein Mädchen zur Verfügung hatte, jedes große, blonde, super sexy Mädchen.

Und sie war klein, brünett und Latina.

Sie rannte los.

So schnell und leise er konnte.

Er ging zur Tür und als er über seine Schulter sah, sah er die Blondine, die sich dicht an James beugte und mit ihren Fingern über seinen Arm fuhr.

Sie seufzte und schüttelte den Kopf, als sie ihren Weg fortsetzte.

Es wäre nicht gut, anzuhalten und darüber nachzudenken.

Ihre Füße fingen an, von ihren Fersen zu schmerzen, also zog sie sie ab und trat vom Kopfsteinpflasterweg, wobei ihre Füße sie zum Ufer des Flusses führten, den sie so gut kannte.

Er tauchte mit den Füßen in das Flussufer und starrte nur lange auf das Wasser.

"Was habe ich gedacht?" Sie murmelte schließlich.

"Das würde ich gerne wissen."

Sie schrie fast, als sie sich umdrehte.

James stand hinter ihr, die Arme wütend verschränkt und die Stirn gerunzelt.

Aber das Stirnrunzeln wurde langsam durch einen Ausdruck von Verwirrung und Besorgnis ersetzt.

"Samy, du weinst. Was ist los mit dir?"

Sie sah von ihm weg und überquerte den Fluss zum anderen grasbewachsenen Ufer.

"Ich hätte es nicht tun sollen. Ich hätte heute Abend nicht so gekleidet in die Bar kommen sollen. Ich hätte nicht gedacht, dass ich eine Chance hätte."

"Samy, wovon zum Teufel redest du?"

Er griff hinüber und ließ seine Hand auf ihre Schulter fallen.

Sie zitterte, ihr war kalt.

Er zog hastig seinen Mantel aus, warf ihn über ihre Schultern und trat hinter sie, um ihre Arme zu reiben.

"Du hast dort wunderschön ausgesehen. Ich glaube, ich habe vergessen, wie ich atmen musste, als du reinkamst."

"Ich habe die Frauen gesehen, mit denen du normalerweise zusammen bist. Ich bin nicht wie sie, James. Ich bin nicht elegant oder super sexy. Ich bin weder blond noch groß noch langbeinig, noch habe ich einen perfekten Körper wie sie. Ich habe keine Lösung darin dagegen. Er wusste nicht einmal, was er tat. " Sie beendete im Flüsterton.

"Wirklich? Du hättest mich da rein täuschen können."

Er drehte sie zu sich und beugte sich vor, drückte seine Lippen an ihren Hals.

Sie schauderte.

"Dein Körper fühlte sich perfekt an, als du mich auf dieser Tanzfläche gegen dich gedrückt hast."

Er streckte die Hand aus, umfasste ihre Brust und zeichnete den Umriss ihrer Brustwarze durch ihre Bluse.

Es ließ sie ein wenig zittern.

"Sie schienen sicher zu wissen, was sie tun wollten, als wir uns küssten und zusammenschoben."

Er beugte sich über sie und zwang sie, sich hinzulegen, bis sie auf dem Boden lag.

"Lass mich dir zeigen, Samy. Lass mich dir zeigen, dass du mehr bist als du denkst."

Seine Lippen glitten gegen ihre, bevor sie über ihren Nacken und über die dünne Bluse glitten, die ihre Brüste bedeckte.

Ihr Atem stockte in ihrer Kehle, als seine Lippen zuerst eine Brustwarze und dann die andere fanden und langsam saugten, als sie sich in seine Berührung wölbte.

Seine Finger fanden geschickt den Saum ihrer Bluse und begannen ihn langsam hochzuziehen, wobei sie ihre Haut neckten, als sie enthüllt wurde.

Er hob sie an ihren Brüsten vorbei und hielt sie direkt über sie, als er ihre rechte Brust küsste und ihre Haut genoss.

Sie stöhnte, als James endlich seine Lippen auf ihre Brust legte, die Brustwarze zwischen seine Zähne nahm und sanft daran zog, bevor er daran saugte.

Sie stöhnte noch lauter, als seine Hand begann, ihre andere Brust zu kneten und seine Handfläche wiederholt über ihre Brustwarze rollte.

"Siehst du?" Er atmete gegen ihre Haut. "Du bist die perfekte Frau".

Er begann sie auf dem Weg nach unten zu küssen und umkreiste ihren Bauchnabel mit seiner Zunge.

James lächelte sie an, als er nach ihrem Rock griff und anstatt ihn zu senken, schob er ihn hoch.

Der vordere Teil war zurückgeklappt und im nächsten Moment platzierte er sanfte, verspielte Küsse auf ihrem heißen Hügel über ihrem Höschen.

Sie war schon nass.

Er konnte es durch ihr Höschen fühlen, als er seine Nase an ihr rieb.

Sie zitterte unter ihm und er streichelte sanft seine Finger auf und ab, als er seine Zähne benutzte, um ihr Höschen nach unten zu schieben.

Er küsste sie erneut, keine Barriere zwischen seinen Lippen und ihrer Muschi schon.

Er begann seine Zunge über ihren Schlitz zu schieben und sie stöhnte, ihre Hüften bogen sich wild, so dass er seine Zunge tief in sie drückte und sie über ihren Kitzler fuhr.

Samy stöhnte und bog sich gegen seine Zunge, Vergnügen strömte durch sie, als er seine Zähne gegen ihren Kitzler putzte und einen Finger in sie schob.

"Ich habe gelogen", hauchte er gegen ihren Kitzler. "Ich habe nicht nur vergessen, wie man atmet."

James saugte sanft an ihrem Kitzler und sein Finger pumpte in ihre Spannung hinein und aus ihr heraus.

"Ich bin fast in meine Hose gekommen, nur um dich zuerst zu sehen."

Ihre Finger griffen nach seinen Haaren und er lächelte gegen ihre Muschi, als er einen zweiten Finger in sie schob und seine Zunge wiederholt über ihren Kitzler fuhr, bis ihr Körper unter seinem Mund zitterte.

Seine Finger streichelten sie rein und raus, erregten sie und überredeten ihren Körper zu reagieren, bis sie sich gegen seine Hand und Zunge balancierte.

"James", ihre Stimme stockte fast, als sie sich in seiner Hand drehte. "Bitte hör jetzt nicht auf!"

Seine Worte kamen in einem sanften verschwörerischen Ton heraus, aber es wurde schnell lauter, als sie entzückt aufschrie.

Er knabberte sanft an ihrem Kitzler und jetzt saugte er hart an ihr und seine Finger drückten fest in sie hinein und nahmen ihren Höhepunkt.

Er leckte eifrig ihre Säfte und als das Zittern seines Körpers langsamer wurde,

Als er fertig war, ging er über sie hinweg.

Er lächelte und lehnte seine Stirn an ihre und ließ seinen Körper gegen ihre streichen, als er in ihre Augen sah.

"Ich habe dir gesagt, du bist genauso eine Frau wie sie, wenn nicht mehr."

Seine Augen schimmerten mit etwas, das Zweifel gewesen sein könnte, als er in James 'Augen sah, aber dann ließ er seine Finger über seine Brust und bis zu der harten Ausbuchtung in seiner Hose laufen.

"Ist das der Grund, warum du es so schwer hast?

Warum bin ich eine Frau wie sie? "

Ihre Finger berührten seinen Schwanz auf und ab und er konnte das Stöhnen nicht unterdrücken, das an seinen Lippen vorbeiging.

Er hatte jedoch keine Chance zu antworten, als ihre Lippen seine fanden und alle Gedanken aus seinem Kopf gelöscht wurden.

Ihre Finger glitten zu seiner Brust und er begann geschickt sein Hemd aufzuknöpfen.

Er zog es schnell aus seiner Hose und schob ihn beiseite, während er sein Hemd komplett auszog.

Der Knopf an seiner Hose riss auf und der Reißverschluss rutschte fast von alleine.

Sie zog seine Hosen und Boxer so weit herunter, dass er seinen Schwanz losließ, schlang ihre kleine Hand darum und streichelte sie langsam, so dass er stöhnte und sich eifrig gegen ihre Hand drückte.

Er stöhnte verärgert und stand auf, zog seine Hosen und Boxer in einer Bewegung aus und drehte sich zu ihr um.

Sie war jetzt auf den Knien und lächelte ihn an, als sie erneut ihre Hand um ihn legte.

Er beugte sich über sie, streichelte sie langsam und schloss seine Augen.

Im nächsten Moment teilte er sie jedoch, als ihre Lippen sich um seinen Schwanz legten und sie langsam auf seinem harten Glied auf und ab bewegten.

Er legte nun seine Hände auf ihren Hinterkopf und begann sie langsam in seinen Mund hinein und heraus zu schieben. Er stöhnte, als sie ihn bei jeder Bewegung saugte.

Es dauerte nicht lange, bis die leichten Striche schnell und kurz wurden. Samy saugte stärker, je schneller er seinen Kopf bewegte.

Seine Hand streichelte seine Eier und rollte sie hin und her, während sich ihr Mund um ihn zusammenzog.

Als sie mit ihrer Zunge auf dem Kopf seines Schwanzes spielte, explodierte er in ihrem Mund.

Sie schluckte schnell, als er seinen Spritzer auf sie senkte und ihren Mund und Hals gegen seinen Schwanz drückte, was ihn noch härter und mit mehr Spritzen kommen ließ, bis er sich schließlich erschöpfte.

Er schob seinen Schwanz langsam aus seinem Mund und ließ seinen Blick auf den Boden fallen.

Er fiel vor ihr auf die Knie und legte seine Hand auf ihre Wange.

Sie waren nur einen Schritt entfernt, als James 'Finger über die Seite ihres Gesichts fuhr, seinen Finger unter ihr Kinn senkte und ihre Augen zu seinem hob.

"Wir sind noch nicht fertig."

Seine Stimme war so leise, dass ihr Schüttelfrost über den Rücken lief, als sie ihn verwundert anstarrte.

Er beugte sich vor und drückte seine Lippen gegen sie, um den Kuss schnell zu vertiefen.

Als seine Zunge an ihren Lippen vorbeiging, glitt eine Hand hinter sie und zog sie an sich, so dass sie Fleisch an Fleisch waren.

Seine Brustwarzen drückten sich freudig gegen seine Brust und seine neue Erektion drückte fest gegen seine unteren Bauchmuskeln.

Sie bewegte sich und rieb ihren Körper langsam an ihm, was ihn zum Stöhnen brachte, als ihr Kuss fieberhaft wurde.

Er legte sie zurück und schob ihren Rock über ihre Beine.

Er sah sie einen langen Moment an, bevor er sich bewegte.

Er beugte sich wieder über sie und gab ihr einen leichten Kuss auf den Bauch, direkt über ihrem Nabel.

Er lächelte gegen ihre warme Haut und begann sich nach oben zu küssen, umgekehrt zu seinen vorherigen Handlungen.

Seine Lippen spielten kaum gegen ihre Brüste, bevor sie sich auf ihren Nacken legten und ihren Herzschlag streichelten.

Er pochte zwischen ihren Beinen, sein Schwanz drückte gegen ihren nassen Schlitz, als sie ihre Beine um seine Taille schlang und er seine Arme um sie legte.

In einer schnellen Bewegung saß James mit ihr auf seinem Schoß und drückte, wenn möglich, seinen Schwanz noch mehr gegen sie.

Sie wand sich ein wenig und er stöhnte.

Er küsste sie direkt unter ihrem Ohr und zog sanft an ihrem Ohrläppchen.

"Sag mir, Samy, willst du es?"

Sein Atem war heiß auf ihrer Haut und sie zitterte.

"Willst du, dass mein großer, harter Schwanz in dir vergraben ist?"

Samys Antwort klang fast wie ein Stöhnen, als sie sich an ihm rieb.

"Ja. Bitte James, ich wollte das seit ...", aber sie blieb schnell stehen, errötete immer noch auf ihren Wangen und sah weg.

James hatte keine Ahnung davon.

Er zwang seinen Blick zurück zu ihrem und lehnte seine Erektion an sie.

"Beende, was du gesagt hast."

Sie stöhnte und ihre Nägel gruben sich leicht in seine Haut.

"Ich wollte das, seit ich dich getroffen habe."

"Also sag mir, wie sehr du es willst."

Es war keine Forderung, eher eine Bitte, als er seine Finger über ihre Brüste fuhr und langsam ihr Fleisch knetete.

Er konnte fühlen, wie ihre Hitze gegen seinen Schwanz strahlte, und er tat sein Bestes, um ihn nicht einfach zu werfen und zu nehmen.

Ihre Antwort überraschte ihn und erschütterte die Selbstbeherrschung, die er benutzt hatte.

"Ich will es nicht. Ich brauche es, James."

Ihre Augen waren jetzt auf seine gerichtet und er stöhnte leise gegen ihre Haut, als sie näher kam.

"Ich brauche es so sehr, ich habe so lange davon geträumt. Bitte. Du musst mich ficken."

Er konnte ihr das nicht mehr verweigern.

Danach konnte er sich nicht länger zurückhalten.

Er hob sie hoch, bis der Kopf seines Schwanzes gegen ihre Öffnung drückte und ließ ihn dann schnell auf sie fallen.

Sie stöhnten beide.

Ihre Muschi war so eng um seinen Schwanz, dass er, als er anfing, ihn auf seinem Schwanz auf und ab zu bewegen, und seine harte Länge in ihr noch größer zu sein schien.

Sie stöhnte und begann mit ihren Beinen auf seinen Schwanz zu springen.

Ihre Brüste prallten frei gegen ihn und ihre Brustwarzen riefen nach ihm, als er sich vorbeugte und anfing zu saugen.

Sie stöhnte und sprang schneller auf seinen Schwanz, drückte sich immer wieder.

Seine Lippen neckten ihre Brustwarzen, zogen und saugten, dann fuhr er mit seiner Zunge über sie und knabberte, als er hüpfte, gegen ihre Haut stöhnte und Vibrationen durch seine Bisse sandte.

Ihre Muschi war so nass, dass die Feuchtigkeit über seinen Schwanz lief und er stöhnte, als sie absichtlich seinen Schlitz um ihn drückte, was ihn dazu brachte, ihr mehr zu widerstehen.

Er bog sie beide so, dass sie wieder auf dem Rücken im Gras lag und fing an, seinen Schwanz hart in sie hinein und heraus zu schlagen.

Samy stöhnte noch lauter, ihre Nägel kratzten sie zurück, als ein weiterer starker Stoß sie zu ihrem Höhepunkt zurückbrachte.

Der enge Krampf um seinen Schwanz ließ James auch schnell kommen und er knallte noch schneller in sie hinein und knurrte, als sein heißes Sperma sie füllte, bis es über ihre Schenkel lief.

Er fiel keuchend zur Seite.

Dann zog er sie zu sich und hinterließ sanfte Küsse auf ihrer Gesichtsseite.

"Nun, wird es noch fünf Jahre dauern, bis du mutig genug bist, das noch einmal zu tun?"

Er lächelte und küsste ihre Lippen.

"Nicht immer, James."

Samy lächelte und strich mit ihren Lippen über seine.

"Gut, weil ich nicht glaube, dass ich meine Hände länger als ein oder zwei Tage von dir lassen kann."

Samys Lachen hallte über den See und James lächelte, als er sich aufsetzte und sie tief küsste.

Dies könnte definitiv der Beginn von etwas sehr Interessantem sein.

ENDE